Hélène Rançon

Nous, les **enfants** de 1981

De la naissance à l'âge adulte

Éditions Wartberg

Mentions légales

Crédits photographiques :

Archives personnelles, p. 4-8, 12-13, 15-17, 18h, 20-21, 23b, 24-30, 34-35, 37h, 38-39, 41, 47-50, 52, 55-57, 60h, 62, 63.
D. R., p. 23h, 36h, 37b, 60b.
© Gallimard Jeunesse : Viviane Abel Prot, Philippe Delorme, *L'Histoire de la naissance*, illustration de Rozier-Gaudriault, collection « Découverte Benjamin », p. 18b.
© 2012 Mattel, Inc. Tous droits réservés, p. 36bd.
© Picture-alliance / dpa, p. 43 ; Picture-alliance / Mary Evans Picture Library, p. 9 ; Picture-alliance / epa-Bildfunk, p. 42 ; Picture-alliance / dpa - Fotoreport, p. 51 ; Picture-alliance / Photoshot, p. 58.
© Ullstein bild – iT, p. 14, 59 ; Ullstein bild – Sven Simon, p. 19, 61 ; Ullstein bild – united archives, p. 22, 54 ; Ullstein bild – amw, p. 32.
© Roger-Viollet, p. 11 ; Carlos Gayoso / Roger-Viollet, p. 33 ; Jean-Pierre Couderc / Roger-Viollet, p. 44, 46.

Nous remercions tous les ayants droit pour leur aimable autorisation de reproduction. Dans le cas où l'un d'eux n'aurait pu être joint, une provision de droits est prévue.

9e édition, 2016

Un département de
Wartberg Verlag GmbH & Co. KG.
Im Wiesental 1
34281 Gudensberg-Gleichen
Allemagne

Conception graphique : Ravenstein & partenaires, Verden.
Imprimé en Allemagne sur les presses de Thiele & Schwarz, Kassel.

ISBN : 978-3-8313-2581-8

Préface

Chers enfants de 1981,

« Quand on aura 20 ans en l'an 2001 » : c'est à nous, enfants de 1981, et à personne d'autre, que Pierre Bachelet s'adressait dans sa chanson *En l'an 2001* ! Tout ça date de 1985. Aujourd'hui, les enfants de l'ère Mitterrand que nous sommes sont devenus des trentenaires. Et la nostalgie commence à s'installer doucement.

On se dit que les générations plus jeunes n'auront pas la chance de connaître les mangas du « Club Dorothée », les dessins animés de La Cinq, les images Panini ou la parenthèse enchantée de la Coupe du monde de foot en 1998. À l'heure d'Internet et du numérique, il est difficile de s'imaginer que le Minitel au design austère et au débit lent, le baladeur à cassettes ou le Bi-Bop de France Télécom ont pu constituer d'importantes innovations, et même de petites révolutions dans notre quotidien.

Pendant quatorze ans, nous n'avons connu qu'un seul Président mais plusieurs cohabitations. Pour nous, l' « alternance » ne veut rien dire ! Mais le monde a changé à la vitesse du TGV, né la même année que nous : chute du mur de Berlin, fin d'une guerre froide que l'on pensait interminable, implosion de la Yougoslavie et signature des accords de Maastricht : en quelques années, nous avons assisté à l'effondrement de plusieurs mondes, tandis que d'autres se mettaient en place.

Notre crise d'adolescence, nous l'avons faite en même temps que celle de la vache folle ; notre baccalauréat, nous l'avons passé à la fin du millénaire, en espérant pouvoir écrire notre avenir sur la page blanche de l'an 2000. Car nous n'avons rien des doux rêveurs ou des idéalistes qu'ont pu être nos parents : certes, le service militaire obligatoire, suspendu par Chirac, ne sera pas là pour nous endurcir. Mais en voyant le mouvement des chômeurs occuper les locaux des Assedic dès 1997, ou en entendant parler de « réchauffement climatique » au sommet de Kyoto, nous nous demandons ce que l'avenir nous réserve. En attendant, nous voilà prêts à quitter le nid, bille en tête.

Hélène Rançon

1981-1983

Enfants de l'ère Mitterrand

À peine nés et déjà très dubitatifs sur le monde qui nous entoure.

Nous sommes nés dans une rose

10 mai 1981. Sur Antenne 2, Jean-Pierre Elkabbach et Étienne Mougeotte attendent fébrilement de pouvoir annoncer aux Français qui, de François Mitterrand ou de Valéry Giscard d'Estaing, sera élu président de la République. Sur ce qui ressemble à un écran de Minitel, le

Chronologie

4 mai 1981
La première Gay Pride parisienne rassemble 10 000 personnes. L'homosexualité sera dépénalisée le 27 mai 1982.

29 juillet 1981
Le prince Charles et Diana Spencer se marient à la cathédrale Saint-Paul de Londres. 600 millions de téléspectateurs suivent la cérémonie.

2 septembre 1981
Myriam a déjà enlevé le haut. Elle déclare sur une affiche publicitaire : « Le 4 septembre, j'enlève le bas. » Et elle le fait.

29 octobre 1981
Georges Brassens casse sa pipe.

24 janvier 1982
Le chanteur Renaud triomphe à l'Olympia.

21 juin 1982
Première édition de la fête de la Musique.

24 juin 1982
Jean-Loup Chrétien est le premier Français à voyager dans l'espace.

16-17 septembre 1982
Des réfugiés palestiniens sont massacrés dans les camps de Sabra et Chatila, près de Beyrouth-Ouest, par des phalangistes libanais, dans un secteur « sécurisé » par l'armée israélienne.

1er décembre 1982
Sortie en France du film *E.T.*, réalisé par Steven Spielberg.

13 mars 1983
La droite (RPR et UDF) arrive en tête aux élections municipales dans une trentaine de villes de plus de 30 000 habitants.

Juin 1983
Léopold Sédar Senghor est élu à l'Académie française. Il est le premier noir à intégrer l'institution.

5 juin 1983
Yannick Noah, 23 ans, remporte le tournoi de Roland-Garros face à Mats Wilander. La dernière victoire française remontait à 1946.

3 décembre 1983
Partie de Marseille le 15 octobre avec 32 participants, la Marche des beurs arrive à Paris. Le défilé rassemble alors 60 000 personnes.

Allaitement ou biberon ? On a tranché.

visage de l'heureux élu se dessine lentement, de haut en bas : l'apparition d'une calvitie prolonge encore un peu le suspense. Puis, le doute est levé : il s'agit du candidat Mitterrand, élu avec 51,7 % des voix. La gauche attendait son heure depuis vingt-trois ans, mais le grand jour est enfin arrivé ! Si certains imaginent déjà, atterrés, que les chars soviétiques s'apprêtent à défiler sur les Champs-Élysées, les Français sont nombreux à se rassembler dans la rue pour fêter l'événement, une rose à la main, en hommage au symbole du PS.

Il s'agit surtout de la « victoire de l'espoir », comme le titre *L'Humanité*. On attend de l'alternance un certain nombre de réformes qui rendront le pays plus juste et plus social. Mitterrand a fondé sa campagne sur ses « 110 propositions pour la France », qui comprennent entre autres l'abolition de la peine de mort, un impôt sur les grandes fortunes et la réduction du temps de travail. L'espoir est donc à la hauteur des bouleversements annoncés.

Le soir de la victoire de François Mitterrand, encore bien au chaud dans le ventre de ma mère, j'ai, paraît-il, donné beaucoup de coups de pied. Était-ce dû à la liesse ambiante ? Étais-je pressée de voir les changements promis par le nouvel élu ?

Nous ne le savons pas encore, mais ce Président effectuera deux septennats. Nous, les enfants d'une ère Mitterrand qui durera quatorze ans, on peut vraiment dire que nous sommes nés dans une rose !

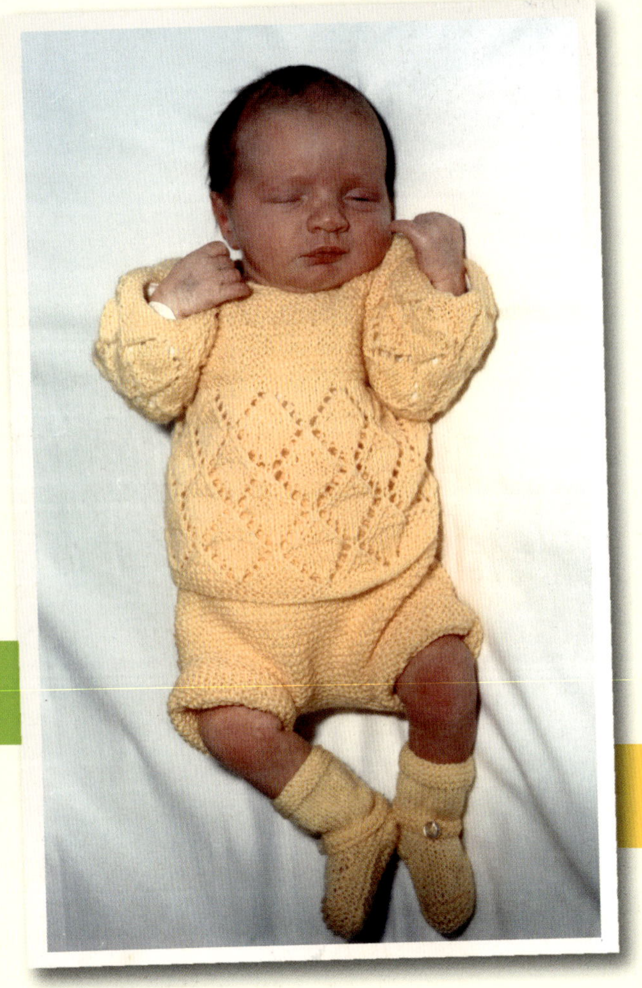

La couleur jaune, une survivance des années 1970.

On passe rapidement
aux petits pots…

Comme un roi en son royaume.

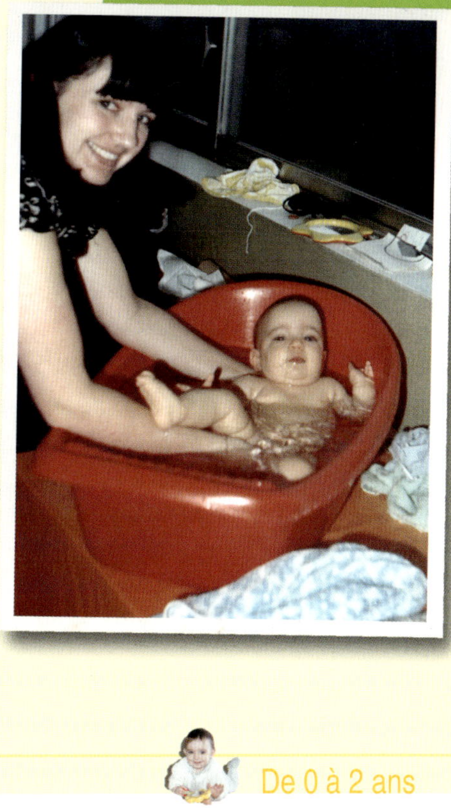

Femmes des années 1980

À la maternité, famille et amis défilent pour voir le petit Nicolas ou la petite Céline (les prénoms les plus donnés en 1981) et offrir le fameux Babygro ou la layette tricotée avec amour. L'heureux papa s'empresse d'immortaliser son rejeton avec un Polaroïd pour distribuer des clichés à la famille, ou avec un appareil photo jetable Fujifilm, commercialisé depuis peu. Jetables, les nouvelles couches Pampers le sont aussi, pour le plus grand soulagement de la plupart des parents. D'autres se contentent d'un gros morceau de cellulose et de ouate, placés dans une culotte en plastique.

Malgré ces petites révolutions du quotidien et l'euphorie de la maternité, être une « femme des années 1980 », comme le chante Michel Sardou, s'avère être une gageure. Après un court congé de maternité, les mamans salariées reprennent leur semaine de travail de 40 heures, tout en s'occupant d'amener et de chercher, ventre à terre, les enfants placés en crèche ou chez une nourrice, souvent une honorable mamie du quartier.

Le nombre de femmes salariées explose, tandis que le taux de natalité reste élevé : en 1981, 800 000 bébés naissent en France. Or, la prise en charge de la petite enfance est insuffisante et de moins en moins adaptée à la demande croissante. Déjà auteure des best-sellers *J'attends un enfant* et *J'élève mon enfant*, Laurence Pernoud publie en 1981 un véritable pamphlet : *Il ne fait pas bon être mère par les temps qui courent* (éditions Stock). Elle y décrit la méfiance des employeurs vis-à-vis des femmes susceptibles de tomber enceintes, à qui l'on confie *de facto* des emplois précaires et qui sont largement moins bien rémunérées que les hommes. À partir du troisième enfant, la plupart des mères s'arrêtent tout bonnement de travailler.

Les nouveaux pères ont des baskets à scratchs.

Un objet d'un autre âge…

Les veuves au placard !

Alors que la première exécution par injection intraveineuse est organisée aux États-Unis, la France est le dernier pays d'Europe à appliquer la peine capitale, et ce, par la guillotine. Or François Mitterrand s'est prononcé contre la peine de mort pendant sa campagne, et décide de braver l'opinion publique, qui y encore majoritairement favorable, après les élections. Le 17 septembre 1981, Robert Badinter, garde des Sceaux, prononce un vibrant réquisitoire pour l'abolition de la peine de mort : « Parce qu'aucun homme n'est totalement responsable, parce qu'aucune justice ne peut être absolument infaillible, la peine de mort est moralement inacceptable. » Le lendemain, le projet de loi est adopté par 369 voix contre 113, avec 5 abstentions. Les « veuves », les deux guillotines encore en service, sont retirées des prisons de Fresnes et de Vernon.

« Dallas » ou l'univers impitoyable de la télé

« Goldorak », « Candy », « Starsky et Hutch »... Voilà les programmes télévisés du début des années 1980 qui ont marqué nos aînés ! Pourtant, séries américaines bon marché et dessins animés japonais servent avant tout à combler à peu de frais les trous des programmes. Pour une chaîne, ce qui importe surtout à l'époque, c'est de détenir *le* présentateur vedette : c'est alors l'âge d'or des émissions de plateau axées autour d'une personnalité charismatique – Denise Fabre, Guy Lux, Michel Drucker...

Et si TF1, Antenne 2 et FR3 sont des chaînes publiques et supposément complémentaires, elles sont en réalité rivales – concurrence encore accrue par le concept d'« audimat », inventé en 1982 pour mesurer plus précisément l'audience des téléspectateurs. Yves Mourousi et son rocailleux « Bonjour ! » sur la « Une » est-il plus charismatique que la « reine Christine » Ockrent sur la « Deux » ? Casimir de « L'Île aux enfants », sur TF1, est-il plus sympa que Dorothée dans « Récré A2 » ? Antenne 2 crée même un journal de la mi-journée en réponse au « 13 heures » de TF1, et « débauche » Jacques Martin pour animer « L'École des fans ».

Mais la France retient son souffle quand débarque, en janvier 1981, un genre nouveau : le *soap opera* à l'américaine. « Dallas » retrace les boires (pour le personnage de Sue Ellen) et les déboires d'une famille d'exploitants pétroliers texans. Richesse affichée sans complexe, brushings hallucinants et secrets de famille : le reaganisme dans toute sa splendeur ! La série étant diffusée le week-end, elle fait ensuite l'objet de longues discussions au bureau, le lundi matin.

Mitterrand, héraut d'une télévision et d'une radio « décentralisées et pluralistes » pendant sa campagne, tient ses promesses : le 29 juillet 1982, Georges Fillioud, ministre de la Communication, présente une loi sur l'audiovisuel avec, pour préambule, « La communication audiovisuelle est libre ». TF1 programme dès lors des émissions moins consensuelles, comme « Droit de réponse », animée par Michel Polac, qui se distingue par sa joyeuse anarchie et les coups de gueule exprimés sur un plateau perdu dans les volutes de fumée. L'émission musicale « Les Enfants du rock », sur Antenne 2, s'adresse enfin à la jeunesse avec un ton qui lui plaît. La loi Fillioud prévoit également la création d'une Haute autorité de la communication audiovisuelle, un organisme indépendant composé de neuf membres, chargé de nommer les présidents des chaînes – qui ne dépendent plus directement de l'exécutif – et de veiller au bon fonctionnement comme à l'indépendance des radios et chaînes de télévision françaises.

La bataille des radios libres s'achève sur une victoire.

NRJ, la « radio stéréotonique »

Alors qu'en 1981, la chaîne américaine MTV diffuse déjà son premier vidéoclip musical, Video Killed the Radio Star *des Buggles, les Français en sont encore à zapper d'une station de radio à l'autre. Monopole d'État sur les médias oblige, on n'écoute que les radios de service public (France Inter) ou les radios privées émettant de l'étranger (RTL ou RMC), chiches en programmation musicale. En cas d'overdose de Jean-Jacques Goldman ou d'Herbert Léonard, il ne reste qu'à se tourner vers l'une des nombreuses radios pirates, illégales, mais dont la liberté de ton est inouïe et la programmation musicale, alternative (new wave, reggae…). Dans son programme de campagne, le candidat Mitterrand avait promis une télévision et une radio « décentralisées et pluralistes » : il s'y tient en légalisant les radios pirates, qui deviennent « libres ». Émergent alors des radios comme NRJ (Nouvelle radio pour les jeunes), radio « stéréotonique » qui mise sur la qualité du son et sur une programmation musicale exigeante. Le format «* Music and news *» – de longues plages musicales entre-coupées de flashs info – fait florès.*

Il fallait bien une combinaison de cosmonaute pour intégrer le principe de la gravité.

Les premiers pas

Nourris de câlins et de bouillies Régilait au chocolat ou à la vanille, notre croissance suit son cours et, peu avant d'avoir atteint l'âge d'un an, nous faisons nos premiers pas ! Calée sur mes deux ergots potelés et accompagnée de mon fidèle Snoopy Sniffer, le chien à roulettes siglé Fisher Price, je suis mon grand frère partout où il va. C'est lui, mon bienfaiteur, qui est intervenu personnellement auprès du Père Noël pour m'obtenir une peluche Mon Kiki comme la sienne, mais plus petite et avec une robe.

La France de Mitterrand fait elle aussi ses premiers pas, dans un véritable état de grâce : conforté par la vague rose des élections législatives, le gouvernement de Pierre Mauroy met en place une série de réformes sociales et culturelles réjouissantes : semaine de travail à 39 heures, augmentation du montant du Smic et des allocations familiales, généralisation de la cinquième semaine de congés payés, retraite à 60 ans... La fête de la Musique et le ministère du Temps libre, qui a pour mission de « conduire, par l'éducation populaire, une action de promotion du loisir vrai et créateur et de maîtrise de son temps », n'ont rien à envier au Front populaire !

On chausse ses Reebok Freestyle pour se mettre à un nouveau sport, le fitness, largement popularisé par l'émission « Gym Tonic » où officient Véronique et Davina. Avec le succès du film *Les Bronzés font du ski*, et apparition des premiers chèques-vacances oblige, on part aux sports d'hiver en famille. Un souvenir traumatique pour moi – avec les après-skis à poils longs de ma mère.

La France est-elle une société moderne et compétitive ? Une série de grandes premières semblent le prouver : premier bébé-éprouvette français, Amandine, premier TGV (Paris-Lyon en moins de trois heures), premier Français dans l'espace (Jean-Loup Chrétien)... On s'enorgueillit du succès commercial remporté par la Peugeot 205, un « sacré numéro », et par le Minitel. Pourtant, les produits venus d'Asie ou d'outre-Atlantique inondent le marché français : au début des années 1980, les ordinateurs, les magnétoscopes et nombre de gadgets technologiques qui séduisent les Français viennent directement d'Asie. L'entreprise japonaise Sony commercialise ainsi un magnétophone portable, le walkman, bien plus petit que les « *sound machines* », le premier caméscope Betamovie et le *compact disc*, en partenariat avec Philips. Côté informatique, les États-Unis mènent la danse : la mise sur le marché du premier PC entraîne une féroce concurrence entre IBM, Apple et Microsoft, ainsi qu'une accélération des innovations.

Les petites contrariétés de la vie ? On s'en balance pas mal...

Du coup, l'augmentation du pouvoir d'achat qui devait relancer la consommation profite surtout aux importations. De leur côté, les entreprises françaises souffrent des charges supplémentaires qui leur sont imposées, ont du mal à investir et perdent en compétitivité. Les exportations s'en ressentent, le déficit du commerce extérieur se creuse. En 1982, la France accuse un déficit commercial de 93 milliards de francs. Pierre Mauroy annonce alors un « tournant de la rigueur » sur le plan économique, grâce à une politique de taxation. L'état de grâce aura vécu... ce que vivent les roses !

Ça, c'est de la pose !

Thriller, *le sacre du « roi de la pop »*

En l'espace d'un an, il devient l'album le plus vendu de tous les temps, dans le monde entier. Produit par Quincy Jones, Thriller, *du chanteur Michael Jackson, est perçu dès sa sortie, le 30 novembre 1982, comme un véritable phénomène musical. Pop, R&B, rock, soul, disco, funk…* Thriller *explore l'ensemble des genres musicaux tout en innovant et en impliquant de grands musiciens, comme Paul McCartney ou James Ingram. Les singles* Billie Jean *et* Beat It *se vendent à plusieurs millions d'exemplaires. Innovation marquante : les clips issus de l'album sont de véritables courts-métrages (ils durent environ quatorze minutes) et deviennent un outil promotionnel qui hisse l'album en haut du classement des meilleures ventes. Ainsi, après la diffusion sur MTV du clip de la chanson « Thriller » – élu meilleur clip de tous les temps – le 2 décembre 1983, les ventes du single triplent en cinq jours.*

Michael Jackson en 1980.

Noël à Gdansk

En 1981, à quelques jours des fêtes de fin d'année, ce n'est pas tant le Père Noël et sa barbe que Lech Walesa et ses bacchantes que l'on voit à la télévision. L'opinion publique française s'émeut de l'arrestation du militant et dirigeant de Solidarnosc, seul syndicat indépendant dans la Pologne communiste. Le 13 décembre, le président du Conseil des ministres Wojciech Jaruzelski, inféodé à Moscou, déclarait l'état de siège pour redresser d'une main de fer une situation qui le dépasse : Solidarnosc prend de l'ampleur, grèves et contestations se multiplient. Près de 3 000 militants sont emprisonnés, voire internés, la presse est censurée, les frontières fermées.

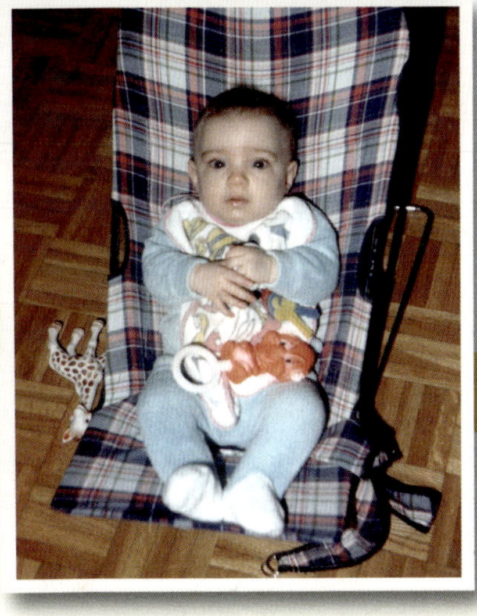

Sophie la girafe, star incontestée des berceaux.

Devenu le symbole de la résistance non-violente au totalitarisme communiste, Walesa se voit attribuer le prix Nobel de la paix en octobre 1983. Mais, placé sous surveillance policière, il ne pourra assister à la cérémonie. La même année, le groupe de rock irlandais U2 dédie au syndicat la chanson « New Year's Day », tirée de son album *War*, qui connaîtra rapidement un grand succès.

L'URSS n'a franchement pas la cote, surtout depuis l'arrivée de Ronald Reagan à la présidence américaine. Dans un discours dont la terminologie n'aurait rien à envier au film *L'Empire contre-attaque*, sorti un an plus tôt, celui-ci désigne le bloc de l'Est comme « l'empire du mal » et appelle à une « guerre des étoiles » pour l'essouffler. On attend Mitterrand au tournant sur la crise des euromissiles : va-t-il soutenir Helmut Kohl, qui veut placer des missiles Pershing en RFA pour contrer l'URSS ? Malgré un mouvement de protestation pacifiste dans la population française, Mitterrand apporte son soutien au chancelier allemand, tout en refusant à Moscou le droit de dicter la politique étrangère des pays d'Europe occidentale.

Symptôme de la crise : on nous exploite dès le plus jeune âge.

1984-1986

On chante des **comptines**, on révolutionne la **télé**...

Qu'on est bien sous le bras protecteur de son grand frère !

« 1984 ne sera pas comme 1984 »

Ma mère a lu *1984* de George Orwell alors qu'elle était encore étudiante. À l'époque, la date lui a paru lointaine et proche à la fois. Elle s'est demandé si le roman allait s'avérer prophétique, sans se douter que l'année 1984 ferait d'elle une mère comblée par la naissance de son troisième enfant, mon petit frère.

Chronologie

24 janvier 1984
Apple lance le Macintosh, le premier ordinateur personnel.

17 juillet 1984
Laurent Fabius remplace Pierre Mauroy au poste de Premier ministre. Il n'a que 37 ans.

14 août 1984
Suite aux manifestations revendiquant un enseignement « libre », le projet de loi Savary sur l'école privée est abandonné.

16 octobre 1984
Le corps de Grégory Villemin est retrouvé dans la Sologne. C'est le début d'une longue affaire judiciaire, aux multiples rebondissements.

6 novembre 1984
Aux États-Unis, Ronald Reagan est réélu avec 59 % des suffrages exprimés.

10 juillet 1985
Explosion du *Rainbow Warrior*, un bateau appartenant à Greenpeace. La DGSE sera impliquée.

1er septembre 1985
Le mot « Beur » entre dans le *Petit Robert*. Il désigne un « jeune né en France de parents maghrébins immigrés ».

25 septembre 1985
Mariage de Coluche et de Thierry Le Luron « pour le meilleur et pour le rire ».

6 octobre 1985
Alain Prost est sacré champion du monde de Formule 1.

1986
Le Minitel fait son apparition dans les foyers français.

9 février 1986
Passage de la comète de Halley.

16 mars 1986
Suite à la victoire de la droite aux élections législatives, début de la première cohabitation dans l'histoire de la Ve République, entre François Mitterrand et Jacques Chirac.

26 avril 1986
Catastrophe nucléaire de Tchernobyl (Ukraine). Selon les autorités françaises, le nuage radioactif ne franchit pas les Alpes.

6 décembre 1986
Malik Oussekine, un jeune Français d'origine algérienne, est battu à mort en marge d'une manifestation estudiantine.

Surprise sur prise !

Ridley Scott, chargé de réaliser la publicité du premier ordinateur personnel d'Apple, le Macintosh, joue sur ce constat : la réalité est bien moins noire que dans les romans d'anticipation. Le spot publicitaire d'Apple, diffusé le 24 janvier 1984 pendant la mi-temps du Superball, l'événement sportif le plus regardé outre-Atlantique, met en scène un monde froid et inhumain dominé par un dictateur. Une jeune athlète détruit d'un coup de masse l'écran sur lequel s'affichait le dirigeant, laissant ainsi apparaître un slogan annonciateur du nouveau PC : « … Et vous verrez pourquoi 1984 ne sera pas comme 1984 ». La vie sera bien plus belle avec le Macintosh.

Toujours est-il que, comme bon nombre d'enfants faisant face à l'arrivée

Quoi qu'on fasse,
Goldorak n'est jamais loin.

d'un « intrus », j'accueille le nouveau petit frère avec circonspection. Jusqu'à ce que tombe une incroyable nouvelle : je vais désormais dormir dans la même chambre que mon frère aîné, dans des « lits de grands », superposés, aux draps bleus pour lui, roses pour moi. Évidemment, c'est lui qui dort en haut, mais je marque mon territoire en accrochant des peluches avec des pinces sur les barreaux de l'échelle du lit. Après d'âpres négociations, j'ai l'insigne privilège de pouvoir éteindre la lumière de la veilleuse un soir sur deux.

L'arrivée d'un nourrisson à la maison amène bien évidemment son lot de questions, dont la tant redoutée « Comment on fait les bébés ? ». Une rumeur circule : le papa planterait une petite graine dans le ventre de la maman. Je demande confirmation à l'intéressée sur ces considérations botaniques. Ma mère détient l'arme imparable : un petit livre illustré de la collection « Découverte Benjamin », intitulé *L'Histoire de la naissance*, où tout est expliqué très simplement. Le mystère levé, je me désintéresse de la chose, jusqu'à la sortie, en 1987, de la chanson *Elle a fait un bébé toute seule*, de Jean-Jacques Goldman. Me voilà de nouveau plongée dans des abîmes de perplexité.

Le mystère s'éclaircit…
Mais ça ne durera pas.

« Platoche » en mauvaise posture lors de la demi-finale contre le Portugal.

La « bande à Platini » championne d'Europe

Le jeudi 28 juin 1984, le journal L'Équipe *titre en une un triomphal : « Ils l'ont fait ! » Qui ? La « bande à Platini », pardi ! La veille, le onze tricolore a remporté pour la première fois le championnat d'Europe des nations sur ses terres, au parc des Princes. La France a dominé l'Espagne par 2 buts à 0. Le premier est dû à la maladresse du gardien de but espagnol, Luis Arconada qui, suite à un coup franc de Michel Platini, pense avoir arrêté la balle et se relève, alors que celle-ci est passée sous son corps pour aller mourir dans les cages. L'expression footballistique « faire une arconada » est née. Quant au second but, il est marqué à la 90e minute par Bruno Bellone.*

La victoire des Bleus est bien sûr collective, mais on l'attribue en particulier à Michel Platini, meilleur buteur du championnat avec 9 buts.

Plus fort que la mort avec les genouillères intégrées.

Comptines et blagues de Toto

Le jour de la rentrée en maternelle, l'année de leurs 3 ans, certains enfants pleurent à chaudes larmes. D'autres, comme moi, en trépignent d'impatience ! À l'école, on joue, on chante, et surtout, on apprend des comptines. Or, entre Anne Sylvestre, Henri Dès et Pierre Lozère, il y a de quoi faire ! Aujourd'hui encore, nous gardons en tête quelques bribes de ces poétiques petites comptines chantées et rechantées, comme *Nestor l'alligator* ou *Mon gros loup, mon p'tit loup*. Mais l'idole des (très) jeunes, celle qui détient le record d'entrées au palais des Congrès grâce à ses spectacles (*Le Soulier qui vole, Le Mystérieux Voyage de Marie-Rose*...) tout en se voyant boudée par le corps enseignant, c'est Chantal Goya !

Bien-aimée dînette.

Pouvait-on rêver mieux que le combo téléphone / balance ?

Qui a dit qu'à la maternelle, nous ne faisions que des « crabouillis » ? Les travaux pratiques varient et notre fibre artistique se développe : feutres et craie grasse pour dessiner, pochoirs géométriques pour créer des frises « algorithmiques », ciseaux à bouts ronds, stylos à paillettes… et les fameuses gommettes en vrac, de couleurs vives, que l'on doit lécher avant de les coller. Pour la fête des mères et des pères, divers chefs-d'œuvre se préparent : bougeoir en pâte à sel, accroche-clés en métal à repousser, « poterie » que la maîtresse a fait cuire au four… et un tableau en bois travaillé au pyrograveur, qui me vaudra une méchante brûlure à l'index mais aussi un « bisou magique » de mon papa.

Dans la cour de récré, sous l'œil vigilant de nos maîtresses, Colette ou Martine, on apprend les choses les plus subversives entre deux tours de « patinette ». Par exemple les histoires de Toto, qui nous font hurler de rire, même au bout de la dixième fois. Et des « gros mots » comme « caca boudin » ou « crotte de caniche », que je ne me lasse pas de répéter avec délectation. Les histoires racontées en classe me plaisent aussi beaucoup : j'adore *Le Prince de Motordu*, de Pef, récit d'un prince qui prononce mal les mots mais qui finit par se marier avec une institutrice. L'histoire se termine ainsi : « Ils se marièrent et eurent beaucoup de petits glaçons et de petites billes. »

Pour faire taire les rumeurs, il faut parfois employer les grands moyens.

Non, Isabelle Adjani n'a pas le sida !

Si Isabelle Adjani s'est invitée sur le plateau du journal de Bruno Masure, ce 18 janvier 1987, ce n'est pas pour promouvoir un film, mais pour démentir la rumeur selon laquelle elle serait malade du sida (on ne dit pas encore « séropositif »), voire qu'elle en serait décédée. Si les rumeurs sont souvent fausses, elles sont aussi révélatrices des angoisses d'une société.

Depuis l'annonce de la découverte du virus du sida, le 4 avril 1984, par l'équipe du professeur Luc Montagnier à l'institut Pasteur à Paris, on parle beaucoup de cette nouvelle maladie qui touche principalement les populations homosexuelles et toxicomanes. Michel Foucault en décède en 1984. Thierry Le Luron, mort officiellement d'un cancer des poumons en 1986, y aurait, lui aussi, succombé. Deux ans après avoir participé, avec son groupe Queen, au concert Live Aid en faveur des malades du sida à Wembley (Londres), Freddie Mercury apprend en 1987 qu'il est atteint par la maladie.
En avril de la même année, le ministère de la Santé lance une campagne de prévention contre les risques du sida, avec le slogan : « Le sida, il ne passera pas par moi. » La publicité pour le préservatif n'avait été autorisée qu'un an plus tôt.

Vers de nouvelles formes de mobilisation

10 % de chômeurs, un taux de pauvreté de 4,5 % : la crise économique et sociale qui mine la France du milieu des années 1980 est un terreau propice aux partis populistes, comme le Front national qui s'installe avec grand fracas dans le monde politique et médiatique. Après une victoire à Dreux lors des municipales de 1983, le parti de Jean-Marie Le Pen transforme l'essai l'année suivante, en obtenant 10 sièges d'eurodéputés, puis 35 sièges aux élections législatives du 16 mars 1986. Cette dernière percée est facilitée par le scrutin proportionnel voulu par Mitterrand. Jean-Marie Le Pen et son

Fabuland : un bonheur de façade.

parti sont de moins en moins dissociables, et de plus en plus visibles : tandis que les Français connaissaient surtout sa marionnette du « Bébête show », ils ont désormais affaire à un homme éloquent et provocateur, invité sur tous les plateaux de télévision. Son apparition à l'émission « L'Heure de vérité », sur Antenne 2, est particulièrement remarquée.

Mais les Français inventent de nouvelles formes de mobilisation : en 1983, la Marche pour l'égalité et contre le racisme, également appelée « Marche des Beurs », calquée sur le modèle des marches non-violentes de l'époque de Martin Luther King, ouvre le bal. Un an plus tard, Harlem Désir et Julien Dray

Qui prend le plus de plaisir à jouer aux Lego ?

Toi, tu ne vas pas tarder à te prendre une boule de neige.

fondent SOS Racisme, avec pour mot d'ordre « Touche pas à mon pote », association dont l'ambition est de sensibiliser la jeunesse au racisme ambiant. Le 15 juin 1985, 300 000 personnes se réunissent place de la Concorde à l'appel de la toute jeune association, pour un concert animé par Guy Bedos et Coluche. Plusieurs dizaines de stars sont de la partie, dont Alain Bashung, Téléphone et Indochine.

Cette forme d'engagement, qui s'appuie avant tout sur une forte médiatisation et des concerts de soutien, devient très prisée. Ainsi Coluche, peu après avoir fondé les Restaurants du Cœur-Relais du Cœur, le 21 décembre 1985, réunit plusieurs artistes dans une émission diffusée sur TF1, pour recueillir des dons. Les Enfoirés (auxquels participent Michel Platini, Nathalie Baye ou encore Jean-Jacques Goldman) enregistrent rapidement leur première chanson. Grâce à l'argent récolté, 5 000 bénévoles distribueront 8,5 millions de repas au cours de l'hiver. Malgré la mort de Coluche en juin 1986, les Enfoirés donneront leur premier concert en décembre de la même année.

Voyagez dans l'Espace

Le 2 juillet 1984, Renault et le groupe Matra de Jean-Luc Lagardère présentent leur toute nouvelle « voiture à vivre », la Renault Espace. Largement inspirée des vans aménagés américains, la voiture n'en est pas moins révolutionnaire : ce véhicule, dont les sièges sont entièrement démontables, peut transporter dans le plus grand confort jusqu'à sept personnes, et atteint 180 km/h. On peut retirer les cinq sièges arrière, n'en installer que trois, et tourner les sièges les uns vers les autres afin de créer un salon pour quatre personnes. Moins longue que la Renault 18 break, la Renault Espace est néanmoins nettement spacieuse.
La presse est unanime, mais un mois après sa mise sur le marché, seuls neuf exemplaires ont été écoulés ! Patience… L'Espace atteindra bientôt le million d'exemplaires vendus.

Pas très rassuré par sa garde rapprochée.

Plus de dessins animés… et plus de pub !

À la télévision, les dessins animés continuent de se multiplier : « Princesse Sarah », petite Cosette de l'ère victorienne qui arrache des larmes, « Jeanne et Serge », coup de foudre et match de volley-ball, ou encore « Olive et Tom », qui passionne les footballeurs en herbe. Merci qui ? « Cinq you La Cinq ! » La loi Fillioud sur la privatisation de la télévision et la loi sur les télévisions privées du 24 décembre 1985, combinées avec l'arrivée de la droite au pouvoir à l'issue des législatives, entraînent la création de nouvelles chaînes privées – une révolution dans le paysage audiovisuel français.

Avec l'inauguration de Canal+ en 1984, première chaîne payante et avec décodeur, et la privatisation de TF1, acquise par Bouygues, on entre dans l'ère de la télévision commerciale, gouvernée par l'audience et les recettes publicitaires. Désormais, les chaînes s'arrachent les téléspectateurs et la concurrence fait rage. TF1 mise sur des émissions de variété (« Sacrée soirée »), des jeux (« Tournez manège », « Le Juste Prix »), du *soap opera* (« Santa Barbara », diffusé dès 1985) et même une émission de téléachat animée par Pierre Bellemare.

L'apparition de La Cinq, lancée en 1985 et cofinancée par Silvio Berlusconi, puis celle de M6 en 1986, marque l'avènement d'une télé « paillettes » avec de nombreuses émissions de plateaux et des clips bon marché. Le mot « zapping » se répand, phénomène relayé par une bien belle invention : la télécommande. Le développement de ces chaînes privées a, entre autres, pour conséquence l'augmentation des plages publicitaires, qui constituent leur principale source de revenus. Entre 1985 et 1995, le volume horaire de la publicité est multiplié par six !

Un nounours, ça ne trahit jamais.

Nos parents, ces maîtres chanteurs

Nous, enfants en bas âge, sommes constamment victimes de vils chantages de la part de nos parents, voire de mensonges éhontés, bien plus efficaces que tout discours pédagogique : « Finis ta soupe, sinon tu ne grandiras jamais » nous fait croire à tort que le potage a des vertus magiques. « Si tu fais une grimace et qu'il y a un courant d'air, tu vas rester coincé comme ça. » Effet radical. « Si tu continues à sucer ton pouce, tes dents vont finir par toucher ton nez », dit le dentiste, qui justifie l'expression « Mentir comme un arracheur de dents ». La menace qui fonctionne le mieux est l'interdiction de regarder « Disney channel », émission diffusée tous les samedis soir dès 1985. Impensable, puisque je suis follement amoureuse de son présentateur, Vincent Perrot, qui a remplacé l'affable Jean Rochefort.

Les effets ravageurs de la consommation d'acides chez les concepteurs de jouets.

Hélas, je découvre rapidement les pouvoirs du mensonge. Le mercredi, ma mère nous prépare souvent un steak de cheval, ou des abats, quand il ne s'agit pas de cervelle d'agneau. Un jour, elle fait cuire du foie de génisse pour mes frères, dont je suis dispensée car j'en ai horreur. Alors que je m'applique, dans la cuisine, à faire des grimaces et à émettre des « beurk » franchement dégoûtés, ma mère, pour me punir, m'en sert quatre petits morceaux... Si j'en arrive à bout, j'aurai droit à un Mi-cho-ko !

Mes frères ayant terminé leur repas, me voilà seule à table, avec ma viande devenue froide... que je glisse subrepticement dans la poubelle, pendant que ma mère va répondre au téléphone. J'obtiens ma récompense : un Mi-cho-ko ! Fière de ma ruse, je chante à ma mère : « Hé ben moi j'ai eu un Mi-cho-ko, euh ! Parce que j'ai tout fini ma viande, euh ! Et même que je l'ai pas jetée à la poubelle, euh ! » Mentir, c'est bien, pointer son mensonge, c'est encore mieux !

Et sans les petites roues, mesdames et messieurs !

1987-1991

Enfants rois

Parés pour la rentrée.

L'épreuve des fournitures scolaires

Sitôt qu'ils sont scolarisés, tous les enfants appréhendent, chaque année, la rentrée des classes. Mais pense-t-on seulement à l'angoisse de leurs parents ? Du CP au CM2, eux non plus n'y coupent pas : ils doivent passer l'épreuve des fournitures scolaires. Armés de bonne volonté et d'un caddie de

Chronologie

24 mars 1987
Lancement de la construction du parc d'attraction Eurodisney à Marne-la-Vallée. Il ouvrira en 1992.

27 avril 1987
Sortie du tube *Joe le Taxi*, interprété par Vanessa Paradis.

11 mai 1987
Début du procès de Klaus Barbie, ancien responsable de la Gestapo lyonnaise.

9 mai 1988
Victoire de « Tonton » Mitterrand à l'élection présidentielle.

11 mai 1988
Sortie du *Grand Bleu*, film culte de Luc Besson.

31 août 1988
Alain de Greef lance l'émission « Les Arènes de l'info », qui deviendra deux ans plus tard « Les Guignols de l'info ».

1er décembre 1988
Entrée en vigueur du revenu minimum d'insertion (RMI), une « allocation de transition » qui concerne 400 000 personnes.

15 avril - 4 juin 1989
Répression sanglante des manifestations d'étudiants et d'ouvriers sur la place Tian'anmen à Pékin.

14 juillet 1989
Bicentenaire de la Révolution française.

9 novembre 1989
Chute du mur de Berlin.

11 février 1990
Nelson Mandela est libéré après avoir passé vingt-huit ans en prison.

12 janvier 1991
Manifestation à Paris contre la guerre du Golfe. On peut lire sur les banderoles des slogans comme « Non à la Busherie » ou « Ni Saddam, ni l'oncle Sam ».

2 mars 1991
Décès du chanteur Serge Gainsbourg.

15 mai 1991
Édith Cresson remplace Michel Rocard, devenant ainsi la première femme Premier ministre en France.

Juin 1991
Abolition de la politique d'apartheid en Afrique du Sud.

24 septembre 1991
Sortie de l'album *Nevermind de Nirvana.*

L'angoisse du protège-cahier.

grande contenance, ils s'en vont acheter tous les éléments de la liste fournie par les futurs instituteurs de leur marmaille : petit cahier à grands carreaux, protège-cahiers avec un code couleur bien précis (rose pour l'écriture, vert pour les mathématiques, et noir, funeste présage, pour le « cahier de liaison »), stylos bille Bic puis, dès le CE2, le fameux stylo à plume Waterman ou Reynolds et son corollaire, l'effaceur, qui rend vite l'âme et qu'on tentera de réanimer en lui administrant un vague bouche-à-bouche… Sans oublier la colle Cléopâtre en petit pot, qu'on étale à l'aide d'un bâtonnet orange, et qu'on ne peut s'empêcher de sniffer en douce tant elle sent bon l'amande. Une future Madeleine de Proust.

Pourtant, il est impossible de transporter quotidiennement tout ce matériel quand on pèse une trentaine de kilos. Notre table d'écolier est donc munie d'une « case » où l'on stocke cahiers, classeurs, et surtout livres de lecture.

Avantage non négligeable du masque pour mardi gras :
même des années après, on ne peut toujours pas nous reconnaître.

Quelques mois après notre entrée au CP, nous voilà devenus des lecteurs plus ou moins assurés, à l'assaut d'ouvrages pour la jeunesse : en tête, « Animax », une collection de L'École des loisirs destinée aux 7-10 ans, bandes dessinées, et *J'aime lire*. Les dictées ne me font pas peur, les cours d'histoire me réjouissent, mais les fractions seront à l'origine d'un véritable traumatisme. Pour nous en expliquer le principe, la maîtresse s'appuie sur des portions de crème de gruyère : aujourd'hui encore, la vue d'une boîte de Vache qui rit me ramène immanquablement aux douloureux cours de mathématiques de CM2 !

Les parodieurs du PAF

Dès son lancement, en 1984, Canal+ se démarque par son ton décalé et son humour absurde, voire pince-sans-rire. On parle rapidement d'un « humour Canal », auquel Les Nuls contribuent largement. Le quatuor composé de Chantal Lauby, Bruno Carette, Alain Chabat et Dominique Farrugia sévit dès 1987 dans l'émission « Objectif : nul » avant de créer, le 31 août de la même année, le JTN (Journal télévisé nul), une parodie de journal télévisé comportant un prégénérique, un bulletin météo et des fausses pubs.
Outre leurs sketches cultes, comme celui de Misou-Mizou, le pétomane qui fait deviner des tubes du Top 50, ou la série des « Régis est un con », c'est leurs nombreux pastiches de pubs, comme Barbara Gourde, Hassan Cehef, et bien sûr Toniglandyl, que l'on retiendra d'eux.
Face au quatuor de Canal+, le trio des Inconnus, sur Antenne 2, fait aussi dans la parodie, avec notamment sa « Télé des Inconnus », qui bat des records d'audience dès mars 1990. Tout le PAF y passe : publicités (Shoups, parodie du Schweppes), émissions (Fort Boyaux, Gag Vidéo), bandes-annonces de films (Jésus II, le retour). C'est aussi grâce à eux qu'on a enfin compris la différence entre un bon et un mauvais chasseur…

Sage comme une image… sans Crados !

Le 17 mars 1989, *Libération* consacre un dossier aux Crados, une série d'images à collectionner, vendues par pochette de quatre pour 2,50 francs. Rien à voir avec les Panini, utilisées pour jouer à la « tapette » : les Crados représentent des personnages enfantins répugnants et idiots, aux noms éloquents : Pascal Troudeballe, Lionel Poubelle, Stéphanie Pipi, Laetitia Pudébras, Renée Morvoné… Dans les cours de récréation, le succès est immédiat.

Mais le commandant Cousteau, fraîchement élu à l'Académie française, exprime par voie de presse la révolte que les Crados lui inspirent : « Les aventures de Tintin ou de Gaston Lagaffe vont être remplacées par celles d'Honoré Vapété, de Jeannine Lapine, de Pascal Troudeballe ou de Mathieu le Dégueu et ses potos. Un grand album luxueusement ignoble est offert gratuitement aux enfants, mais chaque pochette scatologique est vendue 2,50 francs. Un grand concours est proposé aux enfants qui écriront la plus répugnante histoire… Bravo messieurs les profiteurs américains, bravo l'équipe française qui a si bien adapté le raz-de-marée des immondices, bravo les autorités qui tolèrent ces abus au nom de la liberté ! Parents ! Si vous ne réagissez pas immédiatement et énergiquement contre cette

Spécialiste des fonds sous-marins plongeant à la rescousse de la jeunesse récalcitrante.

pollution des esprits, ne vous étonnez pas si vos enfants partent à la dérive et finissent à la cocaïne. » Derrière Cousteau, Lionel Jospin, ministre de l'Éducation, ainsi que plusieurs pédopsychiatres, montent au créneau pour dénoncer la bêtise de ces illustrations scatologiques.

Au même moment, politiciens (dont Ségolène Royal), parents, enseignants, intellectuels et organes de presse (dont *Télérama*) protestent contre la violence de certains programmes enfantins diffusés dans le « Club Dorothée », émission que tous les enfants, à l'exception de ceux qui ont grandi sur Mars, regardent depuis 1987. Des mangas, que TF1 achète en grand nombre au Japon sans toujours vérifier à quel public ils s'adressent, comme « Ken le survivant » – qui sera retiré de l'antenne – « Les Chevaliers du Zodiaque » et « Dragon Ball », contiennent des scènes à la limite du soutenable.

Le corollaire de la télé à outrance pour les enfants, c'est la « malbouffe » – titre d'un livre qui alerte sur l'augmentation de l'obésité infantile. Les McDonald's se multiplient, le micro-ondes et ses surgelés s'invitent dans bien des foyers, et les publicités vantant les mérites de nouvelles friandises prolifèrent. Certaines marques sentent que le vent tourne : en 1990, Groquik, le personnage emblématique du cacao Nesquik que l'on boit au petit-déjeuner, un monstre jaune tout en rondeurs, est remplacé par le lapin Quicky, nettement plus mince !

François Mitterrand lors des cérémonies du 40e anniversaire de la Déclaration universelle des droits de l'homme, en 1988.

Tonton remet ça !

Le 8 mai 1988, François Mitterrand, que l'on appelle désormais « Tonton », remporte sa seconde élection présidentielle avec 54 % des voix, contre 46 % pour Chirac. C'est la première fois qu'un président de la Ve République est réélu. Les Français ignorent encore que Mitterrand se sait atteint d'un cancer de la prostate depuis décembre 1981.

Il a annoncé sa candidature très tardivement, le 22 mars, au journal d'Antenne 2, et a mené sa campagne en adoptant une posture de rassembleur, seul leader *possible d'une « France unie ». Finalement, la cohabitation avec Jacques Chirac, débutée en 1986, n'aura pas profité à ce dernier. Dès le 12 mai, Mitterrand nomme Michel Rocard, son grand ennemi, Premier ministre : celui-ci constitue un gouvernement d'ouverture en accueillant quelques centristes et divers membres de la société civile. Rocard, à qui l'on doit l'instauration du RMI, de la CSG (contribution sociale généralisée), un impôt visant à financer la Sécurité sociale, ainsi que les accords de Matignon qui ramènent la paix en Nouvelle-Calédonie, démissionne néanmoins, à la demande de Mitterrand, le 15 mai 1991. Il sera remplacé par Édith Cresson, première femme à Matignon.*

L'art de la pose, toujours et encore.

Berlin-Est, Maastricht : d'un monde à l'autre

La Roumanie, un pays communiste ? Pour moi, c'est surtout un pays pauvre ! La maman de ma meilleure amie est roumaine. Sa famille est restée au pays et subit au quotidien les atrocités du « génie des Carpates », Nicolae Ceausescu. Ma mère leur envoie régulièrement des colis, dont beaucoup sont interceptés avant d'arriver à destination.

Le 25 décembre 1989, le journal télévisé s'ouvre avec les images des cadavres de Ceausescu et de sa femme Elena, assassinés au terme d'un procès expéditif. Le dictateur roumain semble ne pas avoir senti venir la fin

Prêts à conquérir des contrées sauvages.

Dans la confusion de l'effondrement de l'URSS, tout le monde se met à faire des cérémonies à la gloire de dirigeants nord-coréens.

de l'URSS, amorcée en 1985 par Mikhaïl Gorbatchev, et qui s'était matérialisée dans la nuit du 9 au 10 novembre 1989 avec la chute du mur de Berlin.

En mai 1990, à la faveur d'une visite chez des amis de mes parents vivant près de Kassel, dans le centre de l'Allemagne, je peux voir pour la première fois le rideau de fer, que j'associais malgré moi au rideau que les commerçants abaissent pour fermer boutique, et qui s'avère en réalité un grillage au maillage très serré – on ne peut même pas y passer nos doigts d'enfant. Les miradors plantés autour, déserts, semblent menaçants. En revanche, le mur de Berlin me déçoit : je l'imaginais bien plus grand !

La chute de l'Empire soviétique accapare l'attention des médias : on en oublierait presque que l'Europe politique et économique est en pleine construction. En septembre 1992, les Français sont appelés à donner leur avis, par voie référendaire, sur l'élaboration d'une Europe souveraine, non plus seulement économique mais aussi politique, par le biais du traité de Maastricht. Parmi les projets phares : une zone monétaire commune, la « citoyenneté européenne » et, à terme, des politiques étrangères et de sécurité communes (PESC). Après des débats passionnés opposant François Mitterrand, qui y est favorable, à Philippe Seguin qui, en bon gaulliste, refuse une souveraineté supranationale, le « oui » l'emporte le 20 septembre, mais avec seulement 51 % des suffrages. La future Union européenne semble encore très abstraite aux Français.

Même quand on ne croit plus à la petite souris, les dents de lait, c'est précieux.

Rien n'échappe au fluo :
ni les Petits Poneys…

La « fluomania »

Une tendance qui fait mal aux yeux ! Déjà présent sur les badges Smiley, symboles de l'« acid house », et sur les leggings de Madonna, le fluo investit toute notre garde de robe à la fin des années 1980. Montres, lacets de chaussures, élastiques et chouchous, sans oublier créoles, bracelets brésiliens et scoubidous : tout prend les couleurs d'une boîte de surligneurs Stabilo, du jaune (le plus répandu) au rose en passant par l'orange et le vert.

L'été, ces couleurs acidulées, voire carrément criardes, se font encore moins discrètes : sans savoir qu'on le regrettera un jour, on arbore des bermudas et des baskets Vans à damier, des t-shirts à rayures dans des teintes fluo et des survêtements tricolores très flashy. *Nos bonbons aussi sont fluo. Et même les Barbie s'y mettent !*

… Ni les « Babies »…

… Et encore moins les Barbie.

Le règne sans partage de la caravane à auvent.

Le mardi, c'est permis

Tout comme le dimanche, le mercredi est un jour saint : il n'y a pas école ! Le mardi soir, nous coupons donc au frustrant « Tu peux rester mais seulement jusqu'à la pub » du dimanche soir, et sommes autorisés à regarder le film de première partie de soirée, qui commence à 20 h 30. Parmi les films programmés ce soir-là, beaucoup de succès du cinéma enfin diffusés sur petit écran, comme *Jean de Florette* et *La Gloire de mon père*, et des films qui font réfléchir, comme *Au revoir les enfants*, qui relate l'amitié entre deux enfants, dont un Juif, pendant la guerre. Après la profanation du cimetière juif de Carpentras, en mai 1990, Lionel Jospin demandera même à ce que ce film soit diffusé dans les écoles.

À la fin des années 1980, M6 propose une émission s'adressant aux enfants, « Le Mardi, c'est permis », qui diffuse des téléfilms américains dont les héros sont souvent.... des enfants. Avec nos voisins du même âge, nous allons aussi au cinéma, en quête d'action à l'américaine : *Chéri, j'ai rétréci les gosses*, *Retour vers le futur 2*...

La reine Game Boy.

Les Shadocks pompaient ; nous tournons.

Le mercredi matin, on fait nos devoirs et se prépare aux contrôles du jeudi. L'après-midi est consacrée aux « mondes miniatures » : à mes chères Barbie et à mon unique Ken, condamné à être polygame, aux Petits Malins et aux Petits Poneys et, avec mes frères, aux Lego et aux Playmobil stockés dans de grandes caisses en plastique.

À partir d'un certain âge, nous avons aussi nos « activités » : danse classique et solfège pour moi, tennis pour mon frère. Il est fan de « Boum-Boum Becker », de Stefan Edberg et de Mats Wilander, dont il a les tennis. Mais son idole absolue reste le « Kid de Las Vegas », le jeune prodige André Agassi, qui allie dans ses tenues deux grands courants de mode que l'on croyait inconciliables : le fluo et le grunge.

La banlieue, les banlieues

L'histoire se répète : barricades, carcasses de voitures enflammées, magasins pillés par des groupes masqués, affrontements avec les CRS... En ce 6 octobre 1990, les Français, ou tout du moins les Lyonnais, ont l'impression de revivre à l'identique les émeutes de Vaulx-en-Velin qui avaient déjà secoué la banlieue lyonnaise dix ans plus tôt, avant de s'étendre à Vénissieux en 1981. Cette fois, c'est la mort d'un jeune handicapé, Thomas Claudio, qui a mis le feu aux poudres. Les médias et les sociologues interprètent le mouvement de colère qui s'ensuit comme l'expression de l'immense malaise d'une population issue de l'immigration et défavorisée, vivant dans de grands ensembles délabrés, à la périphérie des grandes villes dont elle se sent exclue.

Deux mois après les émeutes de Vaulx-en-Velin, François Mitterrand avait rappelé d'un ton ferme la nécessité de « casser partout le mécanisme de l'exclusion ». Le 4 décembre 1990, un ministère de la Ville voit le jour. Le

Un Père Noël pour
le moins synthétique.

28 mai 1991, son ministre, Michel Delebarre, propose une loi « anti-ghetto », sorte de « plan Marshall pour les banlieues ». En attendant, les jeunes Français habitant ces zones sensibles s'identifient aux rappeurs des ghettos américains et adoptent leur musique. Le début des années 1990 voit triompher deux grands groupes de rap, NTM et IAM, que Les Inconnus parodient dans leur chanson *Cé ton destain*.

Ce qu'on appelle « la banlieue » ne se résume évidemment pas à cela. Pas plus qu'à la « Tendre banlieue » un peu mièvre, dessinée et racontée par Tito dans les pages du magazine *Okapi*. C'est aussi le rêve d'une classe moyenne issue du baby-boom, qui souhaite résider dans un habitat fonctionnel avec son petit carré de jardin, à proximité d'une grande ville. Si les années 1960-1970 ont été les années HLM, les années 1980-1990 seront ainsi les « années pavillons », durant lesquelles les grandes périphéries verront pousser comme des champignons des lotissements tout en crépi.

Blagueuse à couettes.

1992-1995

L'âge ingrat

Dis-moi ce que tu écoutes, je te dirai comment t'habiller

Au collège, *exit* les chemisiers à col « pelle à tarte » choisis par maman, le bon vieux jogging synthétique des années 1980 et les clés autour du cou. Une fois les parents mis sur la touche, nous croyons pouvoir enfin décider nous-mêmes de notre style vestimentaire. Eh bien non : NTM ou les Cranberries s'en chargeront.

À chaque style de musique correspond en effet un style vestimentaire. Pour ceux qui pensent venir du ghetto et qui écoutent du rap (IAM, Fugees, Wu-Tang Clan), les Nike Air, le Schott, le survêtement et la casquette griffés sont de mise. Écorchés vifs et rebelles écoutent Noir Désir, et sont au désespoir en apprenant le suicide de Kurt Cobain, le 5 avril 1994. Dr. Martens

Chronologie

7 février 1992
Signature du traité de Maastricht, traité constitutif de l'Union européenne.

5 avril 1992
Début du siège de Sarajevo, opposant les forces de Bosnie-Herzégovine à l'armée serbe de Ratko Mladic, qui procède à un « nettoyage ethnique ».

1er juillet 1992
Instauration du permis à points. Face au mécontentement des routiers et des automobilistes, il passe de 6 à 12 points.

20 janvier 1993
Début de la présidence de Bill Clinton.

29 mars 1993
Édouard Balladur est nommé Premier ministre après la victoire du RPR aux élections législatives : c'est le début de la deuxième cohabitation.

1er mai 1993
Suicide de l'ancien Premier ministre Pierre Bérégovoy.

13 mai 1993
Érick Schmitt, alias « Human Bomb », prend en otage une classe d'une école maternelle de Neuilly-sur-Seine.

20 mai 1993
Début de l'affaire Valenciennes / OM, mettant en cause Bernard Tapie.

20 octobre 1993
Sortie du film *Jurassic Park*, de Steven Spielberg.

6 avril 1994
Début du génocide rwandais.

31 août 1994
Après vingt-cinq ans de conflit, l'IRA déclare une « complète cessation de la violence ».

21 février 1995
Jeanne Calment, doyenne de l'humanité, fête ses 120 ans.

30 mai 1995
François Mitterrand inaugure ce qui fut le chantier le plus ambitieux de son septennat : la Bibliothèque nationale de France (BNF), conçue par l'architecte Dominique Perrault.

18 juin 1995
À l'issue des élections législatives, le Front national remporte les villes de Marignane, Orange et Toulon.

Les plus petits sont encore sous la terrible dictature vestimentaire parentale.

à bout coqué, jean déchiré façon grunge et veste militaire constituent leur panoplie, sans oublier la bonne vieille besace militaire marquée du « A » anarchiste dessiné au Typex.

Personne ne se mélange, mais tout le monde s'accorde à prendre de haut les minettes hystériques fans des différents « boys bands » qui fleurissent alors, bien après les New Kids on the Block : East 17 et Worlds Apart, ainsi que leurs homologues

NTM, maîtres de style malgré eux.

français, Alliage ou les 2Be3. Il faut parfois savoir être flexible quand, dans mon cas, on veut à la fois copier sur son frère aîné qui écoute Offspring et Rage Against the Machine en portant des Dr. Martens, et faire comme ses copines, qui possèdent toutes les compilations de « La Plus Grande Discothèque du monde » et sont fans de « Dance Machine ».

Le langage se doit lui aussi de suivre la mode, et le verlan des cités, popularisé par le film *La Haine*, s'invite dans le parler des plus cools : la famille se compose désormais d'un « reup » et d'une « reum », d'un « reuf » et d'une « reusse ». On fume du « teuch » ? On est « fonçdé » et on risque de se faire « pécho » par les « keufs »... Sans compter tous les tics de langage qui réduisent notre vocabulaire et notre panel d'émotions à une dizaine d'expressions : « Genre ! », « C'est trop stylé ! », « Arrête de faire style », « J't'ai trop carotte ». Nous marquons notre approbation par des « C'est clair ! » très convaincus. Jacques Toubon, alors ministre de la Culture et de la Francophonie, fait adopter diverses lois pour préserver et enrichir la langue française... Il n'a qu'à bien se tenir !

L'original dépassé par la copie : « Beverly Hills 90210 », modèle d'AB Productions.

Les sitcoms AB productions

Dans les années 1980, AB Productions sévissait déjà dans le « Club Dorothée », avec « Pas de pitié pour les croissants » et « Salut les musclés ». Dans les années 1990, la société de production fondée par Jean-Luc Azoulay se fera surtout connaître des adolescents grâce à ses sitcoms à succès. À commencer par « Premiers baisers » dont le personnage principal, Justine, est la sœur d'Hélène, elle-même au centre de la série « Hélène et les Garçons », programmée dès 1992.
Le succès remporté par ces deux sitcoms est tel qu'AB Productions multipliera les séries, comme « Le Miel et les Abeilles », « Les Filles d'à côté », « Le Collège des cœurs brisés » ou « La Philo selon Philippe »...
La presse condamne unanimement la stupidité de ces émissions, leur recours systématique aux « rires en boîte » alors qu'il n'y a rien de drôle, leurs adolescents et étudiants propres sur eux, jamais en cours et jamais confrontés au moindre problème, sans oublier leurs acteurs au jeu déplorable. Il n'empêche : tout le monde regarde les séries estampillées AB, avec la même assiduité que « Friends » (1996) ou « Beverly Hills 90210 » (1992), dont elles ne sont que de pâles copies.

Embouteillage sur le périphérique (Paris) pendant les grèves de 1995.

Papa dans le métro

Jusqu'à l'adolescence, je ne m'étais jamais demandé quel travail faisait mon père. Il se contentait de porter une cravate et partait tous les matins prendre successivement bus, RER et métro, un attaché-case à la main. Il revenait le soir, souvent fatigué, et nous disait qu'il y avait encore eu des « problèmes » dans les transports. Pendant quelques semaines, on ne l'a plus vu du tout.

Suite à l'élection de Jacques Chirac à la présidence de la République grâce aux « mangeurs de pommes », la France prend un grand virage à droite pour rafistoler la « fracture sociale ». Le 15 novembre 1995, le Premier ministre Alain Juppé annonce un plan de redressement de la Sécurité sociale, ainsi qu'une réforme des retraites, qui allonge la durée de cotisation des salariés du secteur public (40 annuités contre 37,5).

Dès le 24 novembre, les cheminots se mettent en grève, suivis par les agents de la RATP, de la Poste et de France Télécom. La contestation s'accentue pour toucher l'ensemble du secteur public mi-décembre. La France n'avait jamais été paralysée à ce point depuis Mai 68. Comme beaucoup de Français, mon père s'organise comme il peut pour aller travailler : réveil à 5 heures du matin, covoiturage, hébergement à Paris, auto-stop dans un froid glacial… Je suis soulagée lorsque le 21 décembre, Juppé, tout en restant « droit dans ses bottes », renonce à ses réformes.

Ironie de la situation, le fait que nos parents puissent à nouveau prendre les transports en commun n'a rien de rassurant : plusieurs attentats ont été perpétrés par le GIA (Groupe islamique armé), proche des islamistes algériens du Fis, dans le RER ou le métro parisien dès juillet 1995. Le 25 juillet, l'attentat de la station Saint-Michel a fait 8 morts et plusieurs centaines de blessés. Le décès de Khaled Kelkal, désigné comme le principal responsable de la vague d'attentats et abattu fin septembre, n'empêchera pas l'explosion de nouvelles bombes dans le métro parisien, puis à la station Port-Royal en décembre 1996, peu après 18 heures. Ce dernier nous plonge dans l'angoisse, mon père empruntant ce RER aux heures de pointe – et faute de téléphone portable, tous les soirs, nous attendrons anxieusement son retour à la maison.

Le premier soutien-gorge

Depuis quelque temps, ma mère me fait remarquer que mes brassières sont trop petites et qu'il faudrait m'acheter mon premier soutien-gorge. Ce qui fait rire mon frère : à 13 ans, je suis, selon ses critères, une « planche à pain ». Au lieu de me réjouir de cet achat hautement symbolique, je prends la chose comme une punition, gênée de voir mon corps changer et ma mère s'en mêler. Quelques jours plus tard, l'essayage d'un soutien-gorge chez Etam lingerie tourne au drame : ma mère, par souci de bien faire, veut me faire essayer différents modèles, ce qui m'exaspère. Elle se tient en retrait de la cabine d'essayage et tente un timide : « Il faudrait en prendre un deuxième, non ? » Une vendeuse du magasin s'approche et lui glisse d'un air compatissant : « C'est pour un premier soutien-gorge, n'est-ce pas ? »

Les adultes ont-ils oublié qu'entre nos débuts en classe de sixième, quelques mois après avoir quitté l'école primaire, et le brevet des collèges en troisième, mille changements s'opèrent en nous ? Le Doc qui, en binôme avec l'animateur Difool, parle aux jeunes de sexualité sur Fun Radio, a beau nous marteler des « Ton corps change, ce n'est pas sale »... Voir disparaître soudainement visage poupin et attitude enfantine au profit d'une acné disgracieuse et d'un corps gauche, c'est difficile à vivre.

Notre comportement subit lui aussi de sérieux changements, notamment vis-à-vis des figures d'autorité qui nous entourent, comme les profs et les parents. Si la menace d'une éventuelle sanction (heures de colle, interdiction de sortie ou d'argent de poche) intimide dans un premier temps, elle devient rapidement un moyen d'affirmer son identité en la défiant. La transgression des interdits et les « premières fois » (cigarette, alcool, sorties nocturnes, sexe) sont considérés comme de véritables rites initiatiques.

Au collège, « intello » est l'insulte suprême : elle signifie qu'on a choisi d'obéir aux profs ou aux parents en travaillant et en respectant les règles. Nos modèles ? Les délégués de classe, qui sont élus pour leur popularité et qui cumulent en général les « mandats » : mec le plus cool des cinquième, fille la plus jolie de la classe... Bourrés de complexe, on tente tous d'imiter ces meneurs en puissance.

Ceci est un téléphone portable.

« ... votre tribu garde le contact avec vous »

En 1995, le téléphone mobile existe déjà, mais il est encore bien loin de se démocratiser. Comment les parents anxieux peuvent-ils faire pour joindre leur progéniture jour et nuit ? Les trois opérateurs de l'époque, France Télécom, Cegetel et Bouygues, lancent sur le marché des « messagers de poche », avec respectivement les Tatoo, Tam-Tam et Kobby, pour les accrocs du « toujours joignable ». Ces mini-boîtiers en plastique s'avèrent assez rudimentaires : le Tatoo ne peut recevoir qu'une suite de chiffres – le numéro de la personne à rappeler. On invente alors des codes pour se parler : 23 veut dire « Je t'aime », 33 « Je suis malade ». Avec le Tam-Tam, on peut recevoir des messages en toutes lettres, transmis via une opératrice ou un Minitel, pour 4,22 francs les 80 caractères.

Les opérateurs proposent bien entendu différents services pour faire tourner le compteur : mémorisation des anniversaires à souhaiter ou des événements importants, « scoops en temps réel » de l'AFP... Le succès de ces radio-messagers est tel qu'en 1996, on compte 800 nouveaux abonnements au Tatoo par jour, 28 000 « Tam-tamistes » et 15 000 adeptes du Kobby.

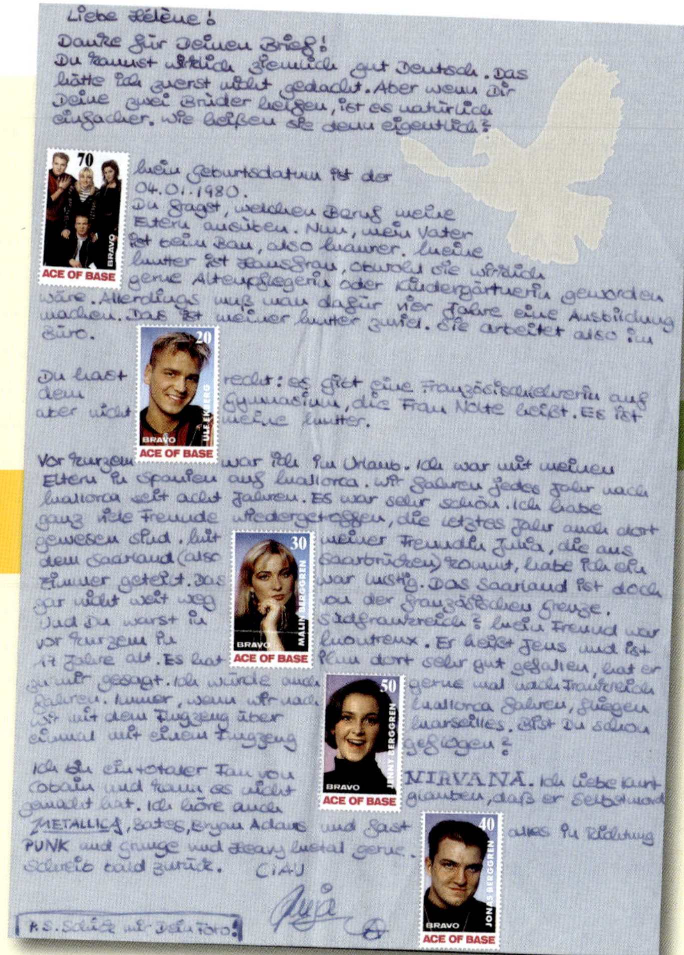

Liebe Hélène!

Danke für Deinen Brief!
Du kannst wirklich ziemlich gut Deutsch. Das hätte ich zuerst nicht gedacht. Aber wenn Dir Deine zwei Brüder helfen, ist es natürlich einfacher. Wie heißen sie denn eigentlich?

Mein Geburtsdatum ist der 04.01.1980.
Du fragst, welchen Beruf meine Eltern ausüben. Nun, mein Vater ist beim Bau, also Maurer. Meine Mutter ist Hausfrau, obwohl sie wirklich gerne Altenpflegerin oder Kindergärtnerin geworden wäre. Allerdings muß man dafür vier Jahre eine Ausbildung machen. Das ist meiner Mutter zuviel. Sie arbeitet also im Büro.

Du hast recht: es gibt eine Französischlehrerin auf dem Gymnasium, die Frau Nolte heißt. Es ist aber nicht meine Mutter.

Vor kurzem war ich im Urlaub. Ich war mit meinen Eltern in Spanien auf Mallorca. Wir fahren jedes Jahr nach Mallorca seit acht Jahren. Es war sehr schön. Ich habe ganz viele Freunde wiedergetroffen, die letztes Jahr auch dort gewesen sind. Mit meiner Freundin Julia, die aus dem Saarland (also Saarbrücken) kommt, habe ich ein Zimmer geteilt. Das war lustig. Das Saarland ist doch gar nicht weit weg von der französischen Grenze. Und Du warst in Südfrankreich? Mein Freund war vor kurzem in Montreux. Er heißt Jens und ist 17 Jahre alt. Es hat ihm dort sehr gut gefallen, hat er zu mir gesagt. Ich würde auch gerne mal nach Frankreich fahren. Immer, wenn wir nach Mallorca fahren, fliegen wir mit dem Flugzeug über Marseilles. Bist Du schon einmal mit einem Flugzeug geflogen?

Ich bin ein totaler Fan von NIRVANA. Ich liebe Kurt Cobain und kann es nicht glauben, daß er Selbstmord gemacht hat. Ich höre auch METALLICA, Bates, Bryan Adams und fast alles in Richtung PUNK und Grunge und Heavy Metal gerne.
Schreib bald zurück. CIAU

P.S. Schick mir Dein Foto!

Une correspondance sans doute vouée à paraître un jour dans la « Pléiade ».

Les sorties scolaires

En entrant en classe de sixième, on échange un instituteur contre une dizaine de professeurs, et l'on découvre des matières inconnues jusque-là : SVT, sciences physiques, technologie ou encore LV1, première langue étrangère au choix. Ce qui nourrit amplement nos conversations : « Ils ont qui en maths les 4e B ? » ; « Le prof de SVT des 3e E, on m'a dit que c'est trop un sadique. » Certains profs sont précédés par leur réputation : il y a celui qui postillonne ou a mauvaise haleine, celui qui terrorise les élèves d'emblée et distribue des heures de colle à la pelle, la prof connue pour son amour des contrôles surprise, ou encore le jeune et bel enseignant en histoire, trop cool parce qu'il fume.

L'apprentissage de toutes ces matières a du bon : voyages et sorties scolaires se multiplient. Les pièces de Molière et les peintres impressionnistes restant une constante de notre système éducatif, nous faisons chaque année un pèlerinage pédagogique à Giverny ou à Auvers-sur-Oise, entre deux représentations du *Bourgeois gentilhomme* au centre culturel du coin.

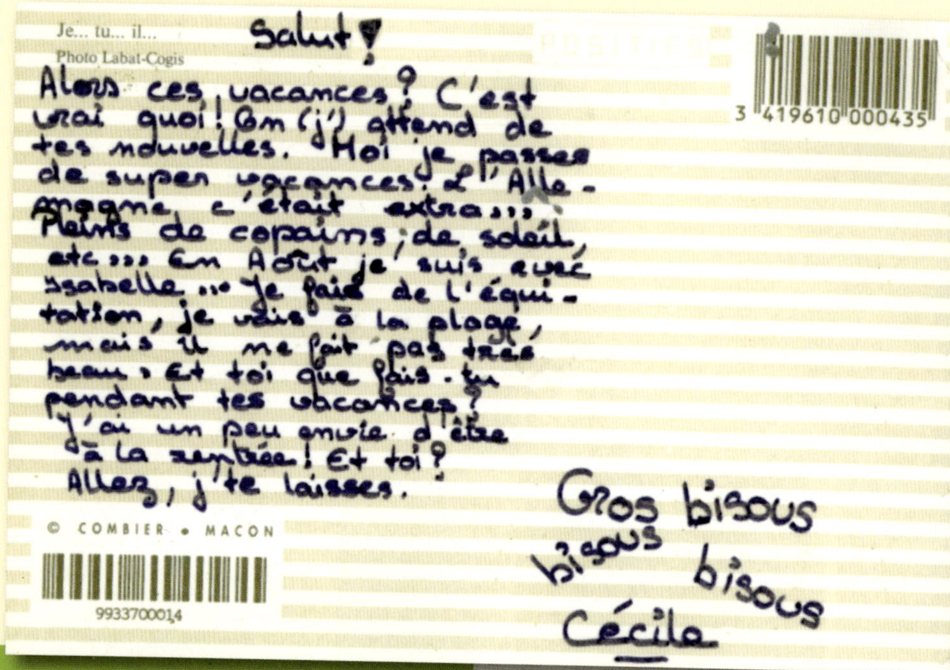
Je... tu... il...
Photo Labat-Cogis

Salut!

Alors ces vacances? C'est vrai quoi! On (j') attend de tes nouvelles. Moi je passes de super vacances! L'Allemagne, c'était extra... Pleins de copains, de soleil, etc... En Août je suis avec Ysabelle... Je fais de l'équitation, je vais à la plage, mais il ne fait pas très beau. Et toi que fais-tu pendant tes vacances? J'ai un peu envie d'être à la rentrée! Et toi? Allez, j'te laisses.

Gros bisous
bisous bisous
Cécile

© COMBIER • MACON
3 419610 000435
9933700014

Corollaire de nos habitudes épistolaires :
les innombrables « Kiss » et « Big bisous ».

Quant aux voyages scolaires, ils offrent l'occasion de couper le cordon avec les parents et de lier connaissance avec les élèves d'autres classes. En cinquième, mes trois mots de vocabulaire et moi partons en Angleterre. Le tunnel sous la Manche ne sera inauguré que quelques mois plus tard, le 6 mai 1994 : nous prenons donc le ferry jusqu'à Douvres. C'est le moment où je commence à maudire la sitcom « Hélène et les garçons » : les garçons des autres classes chantent « Hélène, je m'appelle Hélène » dès que je monte dans le bus.

En troisième, nous envoyons des lettres à nos correspondants allemands, à qui l'on finit par rendre visite. Nous pouvons enfin prononcer toutes les phrases apprises dans notre manuel *Deutsch ist klasse !* : « Ich mag Schokolade », « Ich gehe gern ins Kino »... Ma correspondante s'appelle Steffie, elle est fille unique, comme beaucoup d'Allemands de ma génération, et elle m'apprend à jurer dans la langue de Goethe.

Au moment où, dans notre pays, le président Chirac annonce la reprise des essais nucléaires dans le Pacifique, en juin 1995, le cliché de l'Allemand écolo, farouche opposant au nucléaire, se confirme à nos dépens. Dans la salle de classe de nos correspondants, un matin, le tableau noir arbore un dessin à la craie : une caricature maladroite de Chirac et un bus rempli

Petits farceurs.

d'élèves censés nous représenter. Le message est clair : « Fuck Chirac, go back to France ». Nous ne comprenons pas bien ce qui provoque l'ire des collégiens et lycéens allemands. Notre professeur en profite pour glisser qu'ils sont bien plus politisés que nous !

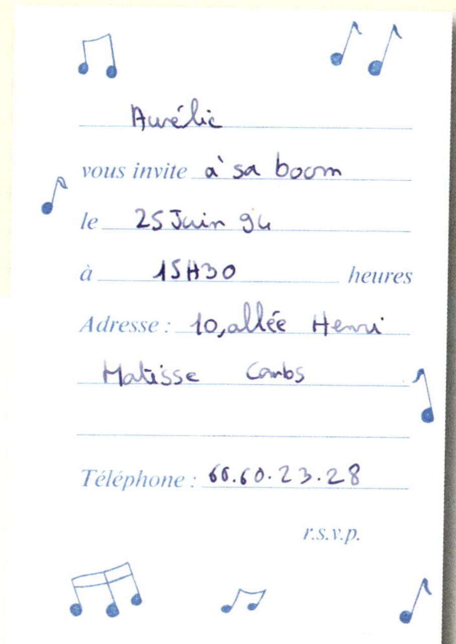

Aurélie

vous invite à sa boum

le 25 Juin 94

à 15H30 heures

Adresse : 10, allée Henri Matisse Combs

Téléphone : 66.60.23.28

r.s.v.p.

On a dit « boum », pas « surboum » !

Quand notre coeur fait « boum »

« Tu vas à ta surboum ? – Boum, papa ! Pas surboum ! » Telle Sophie Marceau dans le célèbre film du même nom, je me vois obligée de corriger mon ringard de père. Nos soirées n'ont plus grand-chose à voir avec celles de sa jeunesse. Mais leur objectif reste inchangé : entrer en contact labial avec le sexe opposé.

Un Noël particulièrement généreux.

Est-ce un hasard si la saison des boums, un peu comme la saison des bals d'autrefois, s'ouvre au printemps, alors que nos hormones nous travaillent ?

Pour se préparer à une boum, on ne prend pas les choses à la légère. Assèchement des boutons d'acné à grand renfort d'Eau précieuse, mascara à la fois visible pour montrer qu'on est une fille sophistiquée, et discret pour passer le contrôle parental, choix minutieux des vêtements et du cadeau : un stylo à plume Creeks ou une eau de toilette Naf Naf.

Une fois sur la piste de danse, on attend avec impatience qu'entre deux morceaux d'Ace of Base ou d'Alliance Ethnik, notre hôte se décide à passer le « 2 titres » d'un *slow* – Brian Adams, Mariah Carey ou Whitney Houston,

MINISTÈRE DE L'ÉDUCATION NATIONALE,
DE L'ENSEIGNEMENT SUPÉRIEUR ET DE LA RECHERCHE
ACADEMIE de CRETEIL
DEPARTEMENT de SEINE-et-MARNE

DIPLÔME NATIONAL DU BREVET

SÉRIE : COLLEGE

Délivré à [redacted]

né(e) le 9 Juin 1981 , à [redacted]

Conformément au procès-verbal de l'examen établi le 3 Juillet 1996 par le président du jury

L'Inspecteur d'Académie, Directeur des services départementaux de l'Éducation :

[redacted]

Signature du titulaire :

n° 4284

IMPRIMERIE NATIONALE

Un diplôme dont on ne sait trop que faire.

« *All that she wants is another baby / She's gone tomorrow boy* », chantait Ace of Base en 1993.

par exemple. En sixième et en cinquième, le slow se danse en laissant trente bons centimètres d'écart entre les partenaires. En quatrième, les partenaires se collent l'un à l'autre et se laissent bercer par le romantisme d'une chanson de Céline Dion, dans l'attente d'un baiser langoureux.

Baiser langoureux qui consiste en réalité à « rouler des pelles », c'est-à-dire à tourner sa langue dans le sens des aiguilles d'une montre au même rythme que l'autre. Le *slow* et le baiser arrivés à leur terme, chacun repart de son côté pour faire un débriefing en bonne et due forme à ses copains ou copines, qui ont marqué leur approbation à la scène par des gloussements.

Quand on veut « sortir avec » quelqu'un mais qu'aucune fête ne se profile, on a deux possibilités : soit on envoie un(e) ami(e) demander à l'intéressé(e), pendant la pause ou à la sortie du collège, s'il est d'accord, et l'on attend, fébrile, le retour de notre émissaire. Soit on s'arme de courage et on va directement voir l'élu(e) de notre cœur pour lui poser la question. En cas de réponse négative, on s'en retourne, un peu humilié et vaguement morose, annoncer nous-mêmes la nouvelle à nos amis qui guettent la scène de loin. Mais même quand on se « prend un râteau », on ne reste jamais triste longtemps… À 14 ans, soit on croit vivre le grand amour, soit… on a un cœur d'artichaut !

1996-1999

« Passe ton bac d'abord ! »

L'heure de la majorité a sonné !

Enfin libres

Quel soulagement d'entrer au lycée ! Il était grand temps de laisser derrière nous quatre ans de collège et les « petits sixièmes ». Nous voilà intégrés à un nouvel univers.

Premier signe du changement : nous avons le droit de fumer dans la cour de l'établissement, comme de vrais adultes. Certains professeurs viennent même s'en griller une de temps en temps pour

Chronologie

8 janvier 1996
François Mitterrand décède d'un cancer de la prostate.

15 août 1996
Début de l'affaire Marc Dutroux.

23 août 1996
Les 300 « sans-papiers » africains qui occupaient l'église Saint-Bernard, à Paris, depuis le 28 juin, sont évacués par la force.

23 février 1997
Naissance de la brebis Dolly, le premier mammifère cloné.

22 avril 1997
Sortie du premier album éponyme de Louise Attaque.

15 juillet 1997
Le célèbre couturier Gianni Versace est assassiné devant sa villa de Miami.

7 janvier 1998
Sortie en France du film *Titanic*, de James Cameron, avec Leonardo DiCaprio et Kate Winslet.

17 juin 1998
La ministre Ségolène Royal interdit le bizutage.

18 septembre 1998
Première représentation de la comédie musicale *Notre-Dame de Paris*.

Novembre 1998
Commercialisation du Viagra en France. La presse rappelle à cette occasion que 3 millions de Français connaissent des « troubles érectiles ».

16 novembre 1998
Publication de la version française de *Harry Potter à l'école des sorciers*, chez Gallimard Jeunesse.

1er janvier 1999
L'euro entre en vigueur. Il devient la devise officielle de l'Union européenne, commune à onze États.

24 septembre 1999
À Sangatte, le préfet du Pas-de-Calais réquisitionne un immense hangar pour accueillir les sans-papiers qui tentent de rejoindre la Grande-Bretagne.

26 décembre 1999
La tempête Lothar dévaste le nord de la France, l'Allemagne, le Danemark et la Suisse. Le lendemain, Martin touche le sud de l'Europe.

discuter avec nous. Si, au collège, on se cachait pour aller fumer pendant les pauses, au lycée, c'est pour se rouler un « pétard » qu'on prend des précautions !

En fin de seconde, on est enfin libre de choisir son orientation, question cruciale puisqu'elle détermine nos études, donc notre avenir. Au lycée général, on peut opter pour la filière S, à dominante scientifique, la filière ES, économique et sociale, et la série L, axée sur les matières littéraires. Je choisis cette dernière, pour mon plus grand bonheur, parce que les cours de physique-chimie s'allègent au profit des lettres et des langues étrangères, mes matières fortes. Je découvre *L'Étranger* d'Albert Camus, le Nouveau Roman et les poèmes de Francis Ponge…

Pour le bac de français, dont on passe les épreuves écrites et orales à la fin de la première, on étudie *Les Fables* de La Fontaine, qu'on pensait réservées aux récitations de l'école primaire et qui s'avèrent plus complexes que prévu. Au programme de terminale, il y a un même un film, *La Règle du jeu*, de Jean Renoir … On bénit alors l'existence de la collection « Profil », dont les ouvrages proposent des plans, des analyses critiques et même des commentaires composés, clé en main, sur les œuvres. Dire que l'on s'inspire des « Profil » serait un euphémisme… On les pompe littéralement !

Au lycée, on se forge une opinion qu'on se sent plus libre d'exprimer. Les cours de philosophie tournent

La Règle du jeu est au programme.

parfois au débat passionné sur des thèmes politiques ou d'ordre éthique. En 1999, certains d'entre nous se rallient aux enseignants qui font grève pour protester contre la réforme des lycées proposée par Claude Allègre, ministre de l'Éducation nationale. Les assemblées générales menées par les meilleurs orateurs du lycée ont lieu dans un brouhaha où se mélangent gauchistes convaincus et élèves ravis de manquer les cours.

Des « jeunes pousses » par centaines

Dommage que les journaux préfèrent le terme « start-up » *à son équivalent français, nettement plus poétique,* « *jeune pousse* »*. L'un comme l'autre désignent ces toutes jeunes entreprises liées aux nouvelles technologies, parfois créées à titre expérimental par des étudiants ou des chercheurs et qui, une fois cotées en bourse, promettent d'énormes revenus financiers.*
Parallèlement au boum du Web, qui arrive en France en 1995, les start-up *fleurissent, protégées de la concurrence par la* « *bulle Internet* »*, et proposent des services novateurs. Yahoo ! et Hotmail rencontrent rapidement le succès, l'un en proposant un annuaire Internet, l'autre en permettant de consulter ses messages via une boîte mail.*
Une filiale du groupe Lagardère crée Club Internet, premier fournisseur d'accès à Internet. La première offre prend la forme d'un abonnement à 77 francs par mois, le meilleur tarif du marché pour un service « *ouvert* »*, qui donne accès à une interface comprenant un service d'informations sur le trafic, un portail pour les enfants et un système de consultation des courriels par téléphone.*

La conduite accompagnée

Conduite accompagnée ou pas ? Nos parents se posent la question après notre 16e anniversaire. En général, si l'aîné de la famille a déjà été inscrit à la conduite accompagnée, on peut être sûr que ce ne sera pas notre cas... L'argumentation parentale est sans équivoque : « Non, c'est trop de stress, je ne veux pas revivre ça avec toi ! »

C'est dans les années 1980 que le ministère des Transports a eu l'idée lumineuse d'instaurer ce système d'« apprentissage anticipé de la conduite », par souci d'améliorer la sécurité routière : à partir de ses 16 ans, l'adolescent doit parcourir 3 000 kilomètres sous le contrôle d'un adulte, avant de passer le permis de conduire deux ans plus tard. Il est ainsi mieux préparé à l'examen et plus confiant au volant. Mais a-t-on pensé aux drames familiaux qui se jouent dans la voiture ?

Après l'obtention du code, dont la préparation consiste à regarder de longues séries de diapositives datant des années 1970, on s'installe côté conducteur, tandis que l'accompagnant s'installe à la « place du mort ». En général, c'est lui qui conduit, et ça lui fait tout drôle de ne pas avoir le contrôle ! Avant de démarrer, on reçoit les ultimes recommandations, et une fois sur la route, les critiques pleuvent : « Pas comme ça ! » ; « Tu serres trop à droite, roule sur le trottoir pendant que tu y es ! » ; « Si tu continues comme ça, tu vas nous tuer ! »

Voyage scolaire à Berlin...

Échaudée par la conduite accompagnée avec mon père, je tente le coup avec ma mère… Qui ne dit rien et ne s'énerve pas, tant elle est paralysée par la peur ! La vitesse est déjà limitée pour un conducteur accompagné. Sous contrôle maternel, elle est largement en dessous de la moyenne… À tel point qu'il nous semble impossible de parcourir les 3 000 kilomètres exigés.

À l'issue de l'examen de conduite, l'examinateur nous annonce qu'on a réussi et qu'il ne nous reste plus qu'à aller chercher le précieux petit papier rose. L'objectif est atteint : on a le « A au cul ». Certes, il est obligatoire d'indiquer par un macaron placé sur le capot arrière de la voiture qu'on est jeune conducteur, mais fini les heures de conduite avec papa et maman ! Pourtant, de nouveaux conflits ne tarderont pas à poindre : à qui va-t-on pouvoir emprunter sa voiture ?

Ne me dis pas que tu as perdu la clef ?

Et c'est reparti pour une cohabitation !

Le 21 avril 1997, le président Jacques Chirac annonce solennellement à la télévision qu'il dissout l'Assemblée nationale. La cote de popularité du chef de l'État est en effet au plus bas, les grèves se sont multipliées, le chômage a augmenté de 2 % en un an et l'ambiance est tendue au sein même de la majorité. Persuadé de subir une déroute aux législatives de 1998, Chirac pense que le moment est opportun pour une dissolution et que les élections anticipées joueront en sa faveur.

À gauche, on s'organise à la hâte pour former un front fort : Lionel Jospin, à la tête du PS, aboutit à un accord de gouvernement avec le PC. Son chef, Robert Hue, qualifie cette alliance, à laquelle se rattachent aussi les Verts et le Parti radical, de « Gauche plurielle ». Le 1er juin, le second tour des législatives confirme la victoire de la gauche, avec 251 députés pour le PS et 36 pour les communistes. C'est aussi la première fois que des écologistes entrent à l'Assemblée nationale, avec 8 sièges.

Les déclarations d'amitié s'accompagnent d'un art dédié.

Avec la nomination de Lionel Jospin, on entame donc une troisième cohabitation, entre deux politiciens diamétralement opposés : à la bonhomie naturelle et à l'amour de la bonne chère attribués à Chirac, on oppose le protestantisme et la sobriété de Jospin. Pourtant, ce dernier connaîtra un état de grâce jusqu'à la fin de son mandat, qui lui permettra d'imposer ses réformes sociales.

L'heure de s'engager a sonné.

Les affres de la cohabitation.

Le 10 octobre, il annonce ainsi que la durée légale du travail passera à 35 heures par semaine au 1er janvier 2000 pour les entreprises de plus de 20 salariés. Les experts parlent de 45 000 emplois créés grâce à cette mesure ! La droite et le patronat s'étouffent de colère, tandis que l'opinion publique trouve l'idée plutôt bonne, surtout quand il s'agit de créer des RTT. Autre mesure en faveur de l'emploi : la création des Nouveaux services-emplois jeunes, plus connus sous le nom d'« Emplois-jeunes », un type de contrat aidé qui permet d'embaucher des jeunes âgés de moins de 26 ans, ou des jeunes de 26 à 29 ans n'ayant jamais perçu d'allocations chômage.

Le gouvernement Jospin est également à l'origine de mesures hautement symboliques comme le pacs (pacte civil de solidarité), adopté le 13 octobre 1999 à l'Assemblée nationale au terme d'un véritable marathon. Ce contrat permet à deux personnes de s'unir quel que soit leur sexe, et apporte au couple une reconnaissance officielle en termes de fiscalité, de succession ou même de mutation professionnelle.

Parce qu'elle permet entre autres une reconnaissance légale des couples homosexuels, cette loi s'avère difficile à faire passer : l'opposition est unanimement contre, à l'exception de Roselyne Bachelot. La députée UDF Christine Boutin ira même jusqu'à prédire la destruction de la société, et brandir une Bible en pleine session d'Assemblée.

La mort de Lady Di

Le 31 août, toutes les chaînes de télévision diffusent en boucle les images d'une voiture encastrée dans la pile d'un pont : dans la nuit, l'ex-épouse du prince Charles, Lady Diana Spencer, que tout le monde appelait « Lady Di », est décédée dans un grave accident de voiture. La veille, Diana et son compagnon Dodi Al-Fayed, fils d'un milliardaire égyptien, ont quitté le Ritz à Paris en fin de soirée. Mais pour échapper à des paparazzis, le chauffeur de leur Mercedes-Benz dépasse la vitesse autorisée et heurte de plein fouet une des piles du tunnel proche du pont de l'Alma. Seul le garde du corps d'Al-Fayed, Trevor Rees-Jones, survivra à l'accident.

Certains incriminent d'emblée les paparazzis, d'autres exposent les théories les plus folles. Il n'en reste pas moins qu'une des « people » les plus appréciées est décédée. Le 6 septembre, à Londres, 2 millions de personnes assistent à ses funérailles. Toute l'Angleterre est en deuil. L'émotion est à son comble lorsque Elton John interprète, dans l'abbaye de Westminster, Candle in the Wind, *composée en 1973 à la mémoire de Marilyn Monroe, avec de nouvelles paroles.*
Tout à sa peine pour Lady Di, on en oublia presque que la veille, mère Teresa s'était éteinte à Calcutta…

La mort de Diana secoue la presse.

Signe d'une soirée pyjama réussie :
le paquet de Haribo vide à côté du lit.

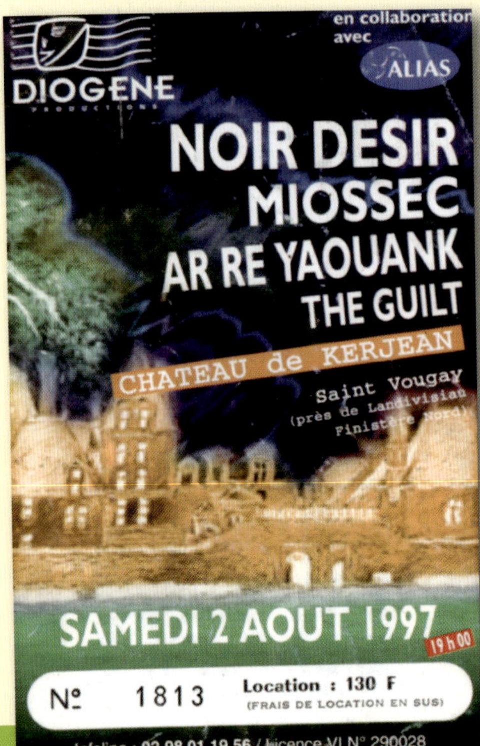

La grande époque « Noir Déz' ».

« On est les champions ! »

Le 10 juin 1998, la seizième édition de la Coupe du monde de football débute comme toutes les autres, à un détail près : elle est organisée sur le sol français. Les festivités organisées autour de l'événement ne galvanisent pas franchement les foules. Le défilé de géants censés représenter les continents participants est d'une telle lenteur que le journal *Libération* titrera « Les poupées gonflantes ». Tout le monde se moque de Footix, mascotte du Mondial, dont l'image investit pots de Nutella et cartes téléphoniques. Quant à la presse sportive, en particulier le journal *L'Équipe*, elle remet en cause les choix du sélectionneur de l'équipe de France, Aimé Jacquet, qualifié de « brave type qui émet des soupirs ».

La finale de la Coupe du monde 1998 oppose la France au Brésil.

Il n'en reste pas moins que les inconditionnels du foot sont surexcités, certains faisant même des pieds et des mains pour obtenir leur ticket pour le stade de France, construit pour l'occasion. Les autres, dont je fais partie, restent plutôt indifférents jusqu'à ce qu'ils constatent que la France, qui fait partie du groupe C, a remporté tous ses matchs et présente le meilleur bilan de toutes les poules, malgré l'expulsion de Zinedine Zidane, alias « Zizou ».

L'intérêt du public pour les Bleus croît ainsi avec leurs victoires successives : le match contre l'Italie en quart de finale remporté à l'arraché à l'issue des tirs au but, les deux buts marqués contre la surprenante Croatie en demi-finale, sans oublier l'apothéose, la finale, le 12 juillet, contre le Brésil qu'on croyait imbattable, remportée par trois buts à zéro… Tout le monde, même le président Jacques Chirac, se met à scander « Et un, et deux, et trois-zéro ! ». Tous chantent à tue-tête « On est les champions, on est les champions »…

Parce que, ce 12 juillet 1998, c'est le pays dans son ensemble qui est champion du monde. Ivres de joie, un million et demi de personnes se rassemblent sur les Champs-Élysées pour rendre hommage à leur équipe « black-blanc-beur » qui symbolise l'intégration et le métissage culturel.

Dans toutes les villes de France, les voitures klaxonnent, on agite des drapeaux tricolores, on partage des coupes de champagne en fraternisant.

Cet été-là fut radieux. On attribua aux Bleus bien des miracles, allant de la relance de la consommation à la conception de nombreux bébés...

Ça, c'est fait !

Bacheliers d'une fin de siècle

En ce joli mois de mai dédié aux révisions du baccalauréat, nous commençons à comprendre d'où vient le mot « bachotage ». Dans le souci de bien faire, nous nous fabriquons des fiches sur papier bristol que nous sortons fébrilement quand nos compagnons de galère nous posent une colle, ou en cas de « *black-out* » passager. En quelques semaines, tout y passe : les Trente Glorieuses, les verbes irréguliers anglais ou allemands, Freud et Descartes, et une pincée de mathématiques avec les suites arithmétiques.

La semaine du bac, qui débute par la redoutable épreuve de philosophie, passe assez rapidement. Mais l'attente des résultats nous semble interminable.

Quelqu'un met du Céline Dion ?

Pour faire passer le temps, on programme ses vacances d'été, on prospecte pour un job, on commence à chercher une chambre en cité U ou un studio près de l'université où on s'apprête à commencer ses études supérieures.

Le jour des résultats du bac, on va consulter directement les panneaux d'affichage du lycée, difficiles d'accès, sachant que tout le monde s'y colle pour apercevoir son nom écrit en tout petit, dans la case des « Admis » ou des « Ajournés ».

Mon père m'a souvent dit, sur le ton de la plaisanterie : « Passe ton bac d'abord ! » Voilà, c'est désormais chose faite. Et maintenant ? En première, j'ai consulté des brochures de l'Onisep pour déterminer mon orientation, sans y parvenir. Mes professeurs m'ont convaincue de m'inscrire en hypokhâgne, classe préparatoire littéraire, ce que j'ai fini par faire. Mes meilleurs amis du lycée, eux, partent vers d'autres horizons, en fac de droit, d'anglais, en IUT… Je vais donc affronter l'inconnu seule, à la fois impatiente et angoissée.

En cette fin de siècle et de millénaire, on parlait d'un hypothétique « bug de l'an 2000 », on se demandait quel avenir avait l'euro, on projetait angoisses et espoirs dans un futur qui paraissait à la fois proche et lointain. Mais une chose était sûre : le XXe siècle n'en n'avait plus pour longtemps, et nous avions la vie devant nous.

Souvenez-vous de vos **premières années...**

Nous, les **enfants** de...

76 titres, **de 1923 à 1998**, sont **déjà disponibles !**

Grandir à... / Notre enfance

Retrouvez la région ou **la ville** qui vous a vu grandir.

Hier et aujourd'hui

Laissez-vous entraîner dans le **passé...**

De nombreux autres titres sont en préparation. Pour plus d'informations, retrouvez-nous sur notre site : www.editions-wartberg.com

Éditions Wartberg | Un département de Wartberg Verlag GmbH & Co. KG.
Im Wiesental 1
34281 Gudensberg-Gleichen
Allemagne

Diffusion – Distribution SOFEDIS
11, rue Soufflot,
75005 Paris
Tél. 01.53.10.25.25, Fax 01.53.10.25.26